Was ihr bleibt

Bibliografische Information der Deutschen Nationalbibliothek:
Die Deutsche Nationalbibliothek verzeichnet diese Publikation
in der Deutschen Nationalbibliografie; detaillierte bibliografische Daten sind im Internet über dnb.dnb.de abrufbar.

© 2024 Alex Reuber
Illustrationen: A. Reuber
Covergestaltung: A. Reuber
Herstellung und Verlag: BoD – Books on Demand, Norderstedt.
ISBN: 9783758369407

DIE VERLORENEN

Die Sehne singt.

Der Pfeil rauscht.

Ein sicheres Ziel, und dann Blut. Über den Ästen und dem Laub, das bis eben ihre Schritte gedämpft hat. Nun braucht sie keine Vorsicht mehr.

Féra. Flammenhaar.

Der Wald ist leer und nur die Hitze verbleibt. Ein Pochen unter ihren Rippen, fiebrig, ein Kribbeln auf ihren Armen. Der Rausch.

Sie schüttelt ihn ab, aber ein Teil von ihr will, dass er bleibt. Früher hat sie das verängstigt, aber nun verschwendet sie keine Gedanken mehr daran.

Sie ist gleichgültig geworden.

Still.

Wie der Tote, der ihr zu Füßen liegt, die Augen verzerrt zu den Sternen gerichtet.

Der Mann in der Schenke interessierte sich nicht dafür, dass sie erst dreizehn Jahre alt war. In seiner Zeit in den Kriegen hatte er mit Sicherheit Schlimmeres gesehen, als ein Kind, das einen Soldaten ermordete. Oftmals war es andersherum. Und selten stoppte es dort.

Nein, es interessierte ihn bloß, dass der Soldat tot war. Warum er das tat, hatte sie nicht zu interessieren. *Sie* interessierte sich nur dafür, dass es echtes Silber war. Und das war es, als sie mit den Zähnen hineinbiss und sich gleichdarauf aus dem Staub machte, bevor der Wirt sie auf die Straße prügeln würde. Schon das ganze Treffen über hatte er hinübergeäugt, argwöhnisch. Zweifelsohne dachte er, sie wäre ein Bettelskind. Sie, mit ihren Lumpen und ungekämmten Haaren.

Aber Bettelkinder besaßen keine Bögen.

Sie war etwas anderes.

Vogelwild.

Wolfsfrei.

Ihre Schritte wurden schneller.

Sie begann zu singen.

Im Wald in der Kuhle wartete ein Junge auf sie, mit Haaren wie Stroh und einem Lachen wie die Sonne. Sie reichte ihm das Brot, ohne zu erwähnen, dass sie es gestohlen hatte und er lachte wissend.

Er lachte immer.

Leoth. Sommerfreund.

Sie mochte es nicht, wenn Menschen sie berührten, aber sie mochte es wenn Leoth sie berührte. Sie mochte auch, dass er ihr Schweigen verstand. Sie nicht zum Reden zwingen musste. Vielleicht würde sie einmal mehr wollen, aber noch fürchtete sie sich. Noch mochte sie es, seinem Lachen bloß zuzusehen.

Ein Rascheln im Unterholz und das Lachen verschwand. Langsam. Keine Gefahr. Bloß Unbehagen in Anbetracht der beiden Neuankömmlinge.

»Warum bist du alleine gegangen?«, fragte der Erste, mit den roten Haaren und dem einen Auge.

Anik. Ältester.

Da war Ärger in seiner Stimme und darunter, verborgen, Enttäuschung. »Es ist gefährlich alleine. Das ist ein Auftrag für uns alle. Gemeinsam.«

Doch es war nicht gefährlich gewesen. Sie war eins mit dem Bogen, und des Toten Leben verwirkt seit dem Moment da sie seinen Namen erfahren hatte. Niemand würde sich ihren Pfeilen stellen und leben.

»Dennoch«, erwiderte er, eine Hand auf ihre Schulter legend, sich bückend. Sein Gesicht sehr nah an dem ihren. »Die Gemeinschaft ist unsere Stärke. Zerbricht die Gemeinschaft, zerbrechen auch wir. Wir müssen eins sein. Wir *sind* eins. Die Verlorenen.«

Die Verlorenen.

Alle nickten sie.

Anik ließ ihre Schulter los und richtete sich wieder auf. Sie traute sich zu atmen.

Hinter ihm trat nun die letzte Person hervor, aber sie hielt sich zurück, vorsichtig, abschätzend, ein unruhiges Zucken hinter ihren Augen.

»Was gibt es Neues im Norden?«

Die Stimme war so leer, dass Féra erschrak, wie jedes Mal, dass die Gestalt sprach.

Veikur. Schattenkind.

Eine kühle Windböe fuhr durch die Zweige der Bäume, wirbelte Staub auf. Tote Blätter regneten herab. Es war Herbst. Der Wald starb.

»Die Front nähert sich«, flüsterte Féra.

Ihr war sehr kalt geworden.

FORT

Der Himmel in ihrem Rücken war schwarz als sie den Weg in den Süden einschlugen. Dort wurden die Dörfer verbrannt. Die Wälder. Alles, wo ein Feind hätte Schutz finden können. Sie wandten sich nicht um, blickten nicht zurück. Die einzigen Menschen, die ihnen noch begegneten waren die Soldaten, die ihnen als Nachhut entgegenritten und vor diesen verbargen sie sich. Anik war fast sechzehn, sie würden ihn einziehen, wenn sie ihn entdeckten. Vielleicht auch die anderen. Schon lange interessierte sich niemand mehr wirklich für die Zahlen.

So streunten sie durch die Felder, die nicht mehr bestellt worden waren, und entlang der vom Marschvolk zu Schlamm zertretenen Straßen. Irgendwo im Süden lag die Stadt Lialhalaën und dort herrschte noch Frieden, hatten sie gehört. Nur, wohin würden sie gehen, wenn die Front auch dorthin vordrang?

Irgendwann würde es keinen Süden mehr geben.

Am Tag schwiegen sie und des Nachts entfachten sie kein Feuer.

In dem kleinen Dorf am Fluss Brun hatten sie eine Hexe gefangen. Féra sah die hagere Gestalt in dem Käfig, mit weißen Knöcheln das Gitter umklammernd und spürte ihren Blick unter ihrer Haut brennen. Und sie sah die sieben Soldaten, die sie bewachten.

»Sie bringen sie in den Norden, zu ihrem Krieg«, erklärte Anik, als Féra von ihrem Spähzug zurückkehrte und berichtete, dass es dort nichts zu stehlen gab. Die Menschen waren längst fort. Bloß noch Soldaten verblieben.

Féra zweifelte. Wie wollten sie eine Hexe dazu bringen, für sie zu kämpfen?

»Es gibt Wege«, antwortete Anik und erklärte nicht, was er damit meinte.

»Soll sie dort verrecken«, sagte Veikur. Veikur hasste Hexen.

»Lasst uns fort von hier«, sagte Leoth, denn sie hatten sich schon viel zu lange dort aufgehalten.

Féra hatte einen merkwürdigen Traum in dieser Nacht.

Immerfort tanzte eine kleine Flamme vor ihren Augen. Wohin sie sich auch drehte, selbst wenn sie die Augen zusammenkniff. Immer die Flamme.

Sie wusste dass die Flamme den Verlorenen galt und dass sie erstickt werden musste. Aber jedes Mal wenn sie versuchte danach zu schlagen, entsprang sie bloß aufs Neue. Züngelnd, höhnisch.

Irgendwann bekam sie Angst. Versuchte davonzurennen. Fort, bloß fort.

Aber immer: die Flamme.

Da merkte Féra, dass sie ein Teil von ihr war.

Und sie war falsch.

Sie erwachte und spürte die Kälte ihrer nassen Kleidung. Auf ihren Handflächen tanzte eine kleine Flamme.

Vor Schreck schlug sie die Hände zusammen und die Flamme erlosch. So einfach war es gewesen.

Neben ihr fuhr Anik bei dem Geräusch aus dem Schlaf, aber Féra beachtete ihn nicht. Starrte bloß auf ihre Hände. Wagte es nicht zu blinzeln aus Angst, die Flamme würde wieder aufkeimen, wenn sie nur für einen Moment den Blick abwandte.

Später wünschte sie sich, noch am selben Abend fortgegangen zu sein. Fort von den anderen. In die Ödnis im Süden. Zum Sterben.

Aber sie tat es nicht. Sie tat als wäre nichts geschehen, denn darin war sie gut. Wie alle anderen Kinder, die im Krieg aufgewachsen waren.

Anik war längst wieder eingeschlafen, als sie schließlich den Mut aufbrachte, die Augen zu schließen. Aber der Schlaf kam nicht mehr in dieser Nacht. Und als sie am nächsten Morgen weiterzogen, war etwas anders geworden. Sie konnte nicht genau sagen, was es war, aber sie spürte, dass das Ende begonnen hatte.

GLEICH

Sie blutete. Es war längst Mittag als Veikur bemerkte, dass ihre Schritte kürzer und ihr Gang steifer geworden waren. Anik mahnte sie zur Eile an, er bemerkte es nicht. Veikur ließ sich zu ihr zurückfallen, drückte ihr ein dichtes Mulltuch in die Hände.

»Wann hat es begonnen?«, wollte Veikur wissen.

Das war gleich am Morgen gewesen, erinnerte sich Féra. Es war der Tag nach dem Traum. Nach der Flamme.

»Dann bist du nun eine von ihnen«, meinte Veikur und es war Enttäuschung in der Stimme.

»Eine von was?«

»Eine Erwachsene. Eine Frau.«

Féra blieb stehen. Schließlich war es nicht so, als dass sie eine große Wahl gehabt hätte.

»Man hat immer eine Wahl«, erwiderte Veikur und ließ sie allein. Später war es Leoth, der ihr einen Arm um die Schulter legte und Anik mit einem Lachen zur Geduld bewegte.

Féra wollte das nicht. Sie wollte nicht schwach sein. Sie wollte keine Frau sein.

Sie schlug Leoths Arm fort und lief schneller. Wenn sie die Hände um ihren Bauch schlang waren die Schmerzen nicht ganz so schlimm.

Der Hunger war schlimmer. Er kam schnell und heimlich. Da waren keine Tiere mehr im Wald, der Rauch aus dem Norden hatte sie vertrieben, und die Dörfer waren längst geplündert. Die Marktplätze verlassen. So reichten sie wortlos die letzte Kante Brot herum und dachten jeder andere Gedanken.

»Es ändert nichts«, meinte Anik, als sie am späten Abend an einer Flussmündung Rast machten und er das Blut unter Féras Fingernägeln bemerkte. Selbst er hatte keine Kraft mehr gehabt, weiterzugehen. »Du bist noch immer die beste Bogenschützin, die ich kenne.«

Doch etwas in seiner verhaltenen Stimme sagte Féra, dass das nicht alles war. Da war eine Fremdheit hinter seinem Blick, eine Distanz. Sie war kein Kind mehr. Als Kinder waren sie gleich gewesen.

Nun war sie anders.

Aber sie wollte nicht anders sein.

»Du bist noch immer eine *Verlorene*«, fuhr Anik fort, starrte auf die Hände, aber eigentlich in weite Ferne. »Wir werden alle älter, besser du wirst es zu früh, als zu spät. Es ist der einzige Weg um nicht unter ihren

Launen zermahlen zu werden. Zwischen ihren Kriegen und Gesetzen.«

Veikur hockte sich neben ihn und legte ihm einen Arm über die Schulter, schüttelte den Kopf. Belustigt beinahe. Es war mehr in der Bewegung, Dinge, die Féra nicht verstand. Sie spürte ein Ziehen in ihrem Magen.

»Du begreifst es nicht«, sagte Veikur. Sah hinab in Aniks Gesicht, aber der erwiderte den Blick nicht.

»Ich habe begriffen, dass die Menschen dieser Welt uns nicht freundlich gesinnt ist. Wenn du leben möchtest, musst du dich zur Wehr setzen. Kein Kind kann das verstehen. Kein Kind kann ihren Griffen entfliehen.«

Er schaute auf, blickte sie an. »Und nun hast du den ersten Schritt getan.«

In der Ferne verblassten die letzten Überreste der Dämmerung und erloschen in der Spiegelung seines Auges. Da verstand sie, dass Anik nie ein Kind gewesen war. Er hatte es schlicht nicht zulassen können.

Die Fremde in seinem Blick wandelte sich zu einer stummen Billigung. Jetzt erst waren sie gleich, er und sie.

Sie schlang die Arme stärker um ihren Körper.

ANDERS

Später in der Nacht, als sie flussabwärts das Mulltuch auswusch, wurde sie beobachtet. Es war das Kribbeln auf ihren Armen, die Hitze in ihrem Nacken, die den Fremden verrieten. Und doch erklang kein Laut im Unterholz. Völlige Stille erdrückte sie, ganz plötzlich. Der Wind war erstorben, der Fluss, eben noch munter geplätschert, schwieg. Sie war sich sicher, hätte sie gesprochen, ihre Stimme wäre von der Stille verschluckt worden.

Dann war die Gestalt neben ihr, groß, dunkel, ein Gesicht, das sie nicht ansehen konnte, von dem ihr Blick herabglitt wie Wasser von Leder. Sie wollte fliehen, aber sie konnte sich nicht rühren. Etwas hielt sie gefangen.

Wehrlos wurde das Mondlicht von seinem Mantel verschluckt.

»Ich habe dich gesehen«, sagte die Gestalt. Es war eine Stimme die hinter den Ohren rang. Féra war klein dagegen, so winzig klein. »Ich habe gesehen, was du vollbringen kannst.«

Die Flamme.

Da wusste sie, wer er war. *Was* er war.

Die Gestalt beugte sich zu ihr hinab. Sprach erneut, leiser diesmal. Flüsternd. Eine Stimme wie Reibeisen.

»Ich kann dich lehren.«

»Nein!«

Die Antwort war plötzlich, der Bann gebrochen. Die Gestalt – fort.

Féra sank auf die Knie. Atmete schnell. All ihre Kraft in einem Wort verloren.

Sie würde nicht anders sein.

DORT, FERN

Am zwanzigsten Tag stießen sie auf das Tal.
Die Stadt in der Ferne.
Die Wachen auf den Hügelspitzen.
Die silbernen Türme den Sternen entgegengestreckt.
Lialhalaën.
Über die Pässe wälzte der Strom der Flüchtenden. In
Wogen flossen sie hinab. Zerschellten an den Patrouil-
len, hoch zu Ross, die Jungen und Alten heraussie-
bend. Die Mädchen, deren Gesichter nicht schmutzig
genug waren. Alle, denen es nicht gelungen war, un-
terzugehen.

Alle, denen es nicht gelungen war, nicht anders zu
sein.

UNVORSICHT

Sie hielten sich abseits. Liefen bei Nacht, fernab der Menschenmassen.

Es gab noch Dörfer hier an den Ausläufern der Stadt, Feuer und Stimmen der Unbeschwertheit. Aber immer der Blick nach hinten. Immer das Zucken der Hände, wenn die Tür der Schenke zu laut aufgestoßen wurde. Ein kurzer Moment der Stille, dann verhaltenes Lachen. Trüb in der stickigen Luft.

Die Frau vor ihnen lachte nicht. Ihre Hände lagen ruhig auf dem Tisch zwischen ihnen, den Beutel mit dem Gold fest umschlossen. Es war mehr darin, als sie brauchen würden, um sich Einlass in die Stadt zu erkaufen.

»Wieso wünscht Ihr einem Priester den Tod?«, fragte Anik. Die Musik der Spielleute am anderen Ende des Schankraums war laut genug, um seine Worte zu verschleiern. Von Veikurs hoher Gestalt verborgen drang kaum ein Blick zu ihnen hinüber.

»Bevor er den Weg zu seinem Glauben fand, war er ein Söldner. Er hat Menschen auf dem Gewissen, die mir lieb und teuer waren. Die mir Schutz versprachen vor welchen wie ihm.«

»Bezahlt einen anderen Söldner um euch zu beschützen.«

»Was würde es mir jetzt noch bringen? Ich möchte keinen Schutz mehr. Ich bin meiner müde geworden, wie er meiner müde wurde und sich das Priestertum zuschrieb. Ich möchte ihn bloß noch tot sehen.«

Anik nickte. Gleichgültig.

»Dann wird er sterben. Reden wir über den Preis.«

Die Frau nickte ebenfalls. Erwiderte die Gleichgültigkeit. Sie störte sich nicht an seiner leeren Augenhöhle, wie es andere taten, sie würde nicht klein beigeben unter seinem Blick.

Leoth verdrehte die Augen, als das Feilschen begann, griff nach Féras Schulter. Sachte.

»Lass uns tanzen«, sagte er.

Und sie tanzten.

Die Musik schwoll an und die Melodien tobten, getragen von Schalmei und Bombarde und Bodhrán und dem Klatschen der Anderen. Und sie sprangen auf die Tische und warfen die Füße in die Luft und die Hände in wilden Verrenkungen empor. Berstende Krüge und knarzendes Holz. Jubel. Besessen von dem Rausch der Lieder, der grölenden Stimmen. Hand in Hand, dicht an dicht. Und Schweiß auf ihren Fingern.

Ihrer Stirn. Die Hitze die in den Kopf steigt, die unvorsichtig macht.

Es interessiert sie nicht.

Bloß die Musik, hier. Jetzt. Laut und leise, schnell und langsam. Reißend und Erdrückend. Ein Sturm. Ein Feuer. Eine Ewigkeit.

Ein Versprechen, das nicht gehalten werden kann.

Féra spürte die Flamme, ehe sie sie auf ihren Handflächen sah und dann war es zu spät. Sie verlor den Halt, das Gleichgewicht. Stürzte zu Boden, den Tisch herab, Leoths Aufschrei schrill in den Ohren. Dann ein zweiter Schrei als sie einen anderen mit sich riss, von zornigen Rufen verfolgt. Jemand trat ihr einen Fuß ins Gesicht. Sie spuckte Blut.

Es interessierte sie nicht.

Sie riss sich die Hände vor die Augen. Die Flamme war fort.

Die Flamme war fort.

Die Erleichterung ließ sie den zweiten Tritt nicht spüren.

Einen dritten gab es nicht. Anik war an ihrer Seite, zerrte sie auf die Beine und reckte den Arm in die Höhe, das Brandmal auf seiner Handfläche in den Raum zeigend. Das kleine, geschwungene *M*, das ihn als Mörder zeichnete; einer, der dem Fallbeil entkommen war. Neben ihm Veikur, ein Messer von sich gestreckt, das Gesicht wie zu einem Fauchen verzerrt.

Die Leute wichen zurück. Machten ihnen Platz.
Sie flohen.

WAHRES UND FALSCHES

Anik hatte keinen Tadel für sie. Sie hatte genug Tadel für sich selbst. Am Rand des Dorfes hockten sie hinter einem Schuppen, warteten, bis sich die hämmernden Herzen beruhigten.

»Ich will keinen Priester umbringen«, meinte Leoth irgendwann. »Es bringt Unglück.«

»Er ist ein Mensch. Wie du und ich«, erwiderte Anik und damit war es beendet. Sie standen auf, suchten sich einen Platz für die Nacht.

Veikur schließlich hielt Féra zurück. Sprach leise. Eine Drohung.

»Ich habe gesehen, was du kannst. Tu es nicht wieder. Verstanden?«

Sie verstand.

Trotzdem musste sie fragen.

»Warum?«

Veikur verengte die Augen.

»Weil es falsch ist.«

Falsch.

Was ist falsch?

Sie fragte es sich oft am nächsten Tag, wenn sie verstohlen auf die Handflächen schielte. Manchmal war dort jetzt ein Kribbeln unter ihrer Haut, wie hundert winzige Ameisen. Vielleicht war es Einbildung. Aber es fühlte sich echt an. Es fühlte sich *falsch* an.

Sie kratzte an ihren Armen. Als sie das Anwesen des Priesters ausspähten und das eingefallene Stück Mauer entdeckten, sie die Hände über den kalten Stein streichen ließ. Die Hände mit denen sie gegessen hatte, mit denen sie durch Leoths Haare gefahren war und Kaninchen den Hals umgedreht hatte. Die Lebendiges und Totes berührt hatten. Doch nun noch etwas anderes. Rote Striemen auf ihrer Haut und die Wärme unter ihren Fingernägeln.

Das Jucken verschwand nicht.

Am Abend lag sie noch lange wach. Leoth musste es gemerkt haben, sie sah das Mondlicht in seinen Augen spielen.

»Was wunderst du dich?«, fragte er.

»Wer ich bin«, sagte sie, denn sie wusste es nicht mehr.

Leoth lachte leise, grinste. Er verstand es nicht, dachte sie.

»Anik sagt, ich sei kein Kind mehr, aber ich will das nicht.«

Erneut das Lachen. »Also willst du immer ein Kind bleiben?«

Er war älter als sie, stellte sie fest, vielleicht glaubte er längst, kein Kind mehr zu sein. In ihren Augen war er eines. Das größte vielleicht, aber er würde es immer bleiben. Das Lachen nicht verlieren.

»Nein«, meinte sie, »ich bin es nicht mehr.«

»Aber *willst* du es?«

»Das ist egal. Das sind verschiedene Dinge.«

»Wirklich?«

Sie schwieg. Nein. Wenn sie tanzen wollte, tanzte sie, wenn sie gehen wollte ging sie. Als sie zu den Verlorenen gekommen war, hatte sie Féra sein wollen, also war sie Féra geworden.

Und nun wollte sie, dass das Kribbeln in ihren Fingerspitzen verschwand. Aber das tat es nicht. Verzweiflung, heiß in ihrem Hals.

»Was ist falsch?«

In ihrer Stimme die Angst. Die Hände hält sie fest verschlossen, die Antwort ist ungewiss.

»Falsch?«

»Ein Mensch. Wie ist er falsch?«

Die Stille.

»Ich weiß nicht, ob ein Mensch überhaupt falsch sein kann.«

»Wenn er anders ist?«

»Dann ist er ein anderer Mensch.«

»Aber was er ist? Seine Taten? Wann sind sie falsch?«

Zögernd die Erwiderung.

»Ich möchte nicht darüber entscheiden. Ich möchte nicht, dass jemand anderes das Gleiche über mich entscheidet.«

»Über dich, du?«

Sie stütze sich auf die Ellenbogen, wandte sich ihm zu, erschauderte vor dem Kälteschleier, den die Nacht zwischen sie getrieben hatte. Sie riss ihn fort. »Du bist nicht falsch.«

Leoth wandte ihr den Kopf zu und die Bewegung ließ Schatten hinter seine Pupillen gleiten. Verdunkelte die grünen Augen und das blonde Haar, das Lächeln, haarbreit bloß noch.

»Morgen werde ich einen Menschen umbringen, Féra.«

Sie auch. Das wusste sie. Fühlte die Gleichgültigkeit. Das Nichts.

»Schließlich bleibt uns keine Wahl.«

Leoth lachte auf, doch es war kein Lachen in dem Geräusch.

»Ja. Ja, das sagen wir uns.«

Aber es war falsch.

EIN STERBENDES TIER

Sie liefen über heiligen Boden. Die Nacht hatte Frost gebracht. Hatte die Kälte in das Mauerwerk getrieben und ihre Finger gefroren, als sie hinüberkletterten. Hatte Stille geschaffen. Der Wald hielt den Atem an.

Das Pfarrhaus erwartete sie. Lag schweigsam da, unter den Tannen, hinter denen bleich das Morgengrauen hervorkroch. Veikur schritt voran, knackte das Schloss mit zwei Handgriffen. Sie drangen ein. Anik mit seinem Schwert, sie mit dem Bogen, bedacht. Geübt. Ein einsamer Gang und noch mehr Türen. Die öffneten sie. Sicherten die Kammern dahinter. Eine nach der anderen.

Hinter der letzten Tür fanden sie das Tier. Es hatte nichts geahnt. Erwachte schlaftrunken und begriff nicht, wem die Klingen galten, die sie hielten. Sie ließen nicht zu, dass es verängstigt wurde. Waren ganz schnell. Ganz behutsam.

Und das Tier starb.

Ganz friedlich.

Sie kehrten um. Warteten nicht darauf, dass sich die Laken dunkel färbten oder die Starre in die Glieder des Tieres fuhr. Das erloschene Licht hinter seinen Augen war Zeuge genug.

Am Ende war es bloß ein Mensch gewesen.

Leoth drückte ihre Hand, als sie den Gang entlangliefen. Sie waren hoffnungsvoll, in diesem Moment. Sie würden Lialhalaën betreten. Würden essen. Leben.

Vielleicht hatten sie zu ausgiebig gehofft.

Vielleicht spürte sie, dass es zu einfach gewesen war.

Aber Féra wusste, dass die Tür verschlossen war, ehe Leoth sie aufstoßen wollte.

Ein kurzer Augenblick der Verwirrung, dann ein zweiter, vergeblicher Versuch. Dann die Angst.

»Zurück in das Zimmer«, zischte Anik. Dort hatte es ein Fenster gegeben. Schon stürmten sie los, aber Veikur packte seine Schulter.

»Nein. Dort werden sie warten.«

Und sie wären gefangen. Wie Tiere.

Anik verstand. Leoth auch. Gemeinsam nahmen sie Anlauf, warfen sich gegen die Tür. Das Holz knarzte, polterte, gab nach. Eine der Angeln riss aus dem Holz. Hektisch der nächste Schlag. Die Tür stürzte zur Seite. Staub in der Luft und in ihrer Lunge. Sie hustete. Dann stolperten sie hinaus und warteten nicht, hasteten los auf das eingefallene Stück Mauer zu, über das sie gekommen waren. Das auf einmal so weit entfernt war.

Hinter ihnen wurden die Schreie laut.

Atemlos hasteten sie vorwärts. Der Frost brach unter ihren Schuhen.

Dann waren sie vor ihnen, die Wachen, Speere vorgehalten und Befehle brüllend. Sie waren so groß. So anders.

Féra zögerte nicht. Der Pfeil lag längst auf der Sehne, sie brauchte bloß zu spannen.

Spannen und loslassen.

Zwei Pfeile fanden ihr Ziel, ehe die ersten Schwerter aufeinandertrafen. Veikur an Aniks Seite stach das Messer in den Rücken der nächsten Wache.

Es war genug. Dort war eine Lücke zwischen den Waffenröcken. Sie sprangen hindurch. Flohen.

Veikur wurde niedergerissen. Schrie auf. Leoth fuhr herum, griff an, von Féras Pfeilen gedeckt. Anik, wie wild geworden, ließ die Schwertklinge sausen, stoppte nicht ehe Veikur sich aufgerappelt hatte, wieder vorwärts stolperte. Anik hinterher, danach Leoth.

Dann der Laut.

Kein Schrei, bloß ein leises Entsetzen. Das ewige Lachen auf seinem Gesicht, verschwunden. Die Klinge die sich durch sein Schulterblatt bohrt, rot.

Seine Hände langen zitternd danach. Sie haben es noch nicht begriffen.

Und Féra schreit.

Schreit, als Leoth taumelt, schreit als Leoth fällt.

In ihren Händen die Hitze. Sie gibt nach. Endlich. Die rohe Kraft die durch ihre Fingerspitzen fließt, die pure Gewaltigkeit. Aus ihren Handflächen schießen die Flammen, brennend heiß und lichterloh; sprießen vorwärts, rasend schnell.

Die erste Wache zerfällt, dann die nächste.

Asche.

Und Féra schreit.

ATMEN

Ein und aus.

Die Brust hebt und senkt sich. Unter ihren nassen Händen spürt sie das Leben, spürt die Finger, die hilflos nach ihrem Arm suchen.

Sie bringt keine Worte hervor. Der Schrei ist verstummt und hat ihre Stimme geraubt.

Sie werden ihn auf die Beine ziehen, gleich. Werden ihn über die Mauer hieven und davontragen, ihn retten. Das Blut fortwischen. Es wird bloß ein Kratzer sein. Jetzt gleich, ganz sicher.

Ein und aus.

War es immer so schwer zu atmen? Sich daran zu erinnern, weiterzuleben?

Jetzt gleich werden sie kommen.

Und sie sind dort, Veikur, Anik, zerren sie auf die Füße, die Münder zu Rufen verzerrt, deren Laute nicht zu ihr durchdringen, deren Worte sie nicht versteht. Sie reißen sie fort von dem Körper am Boden, wie sehr sie auch die Finger in seinem Hemd verkrallt, wie sehr sie auch schreit und heult und um sich schlägt. Sie schleifen sie davon, über die Mauer. Retten sie. Entkommen.

Später wischen sie das Blut fort. Nicht einmal ein Kratzer bedeckt ihre Hände und doch wagen sie nicht sie zu berühren. Sie haben gesehen wozu sie imstande sind.

Haben gesehen, was sie ist.

Anders.

Und sie denkt nach.

Sie werden nicht versuchen, Leoth zu retten, sagt Anik am Abend. Zu groß ist die Gefahr. Und sie wird das Gesehene nicht ungesehen machen. Was also kann sie tun, außer es zu akzeptieren, es wahrzuhaben? Sie kann es in sich verstecken, nie wieder darüber sprechen, tun als wäre nichts geschehen. Aber sie weiß, es wird nicht ewig halten.

Sie weiß, der Tag wird kommen, an dem es sie von innen heraus erstickt.

Vielleicht will sie gleich aufhören zu atmen.

Aus und nicht wieder ein.

Wie schwer kann es sein?

Was bleibt ihr, in dieser Welt, in der es keinen Platz für sie gibt?

Sie sprachen nicht mehr. Nicht am nächsten Morgen, nicht am Mittag, als sie sich heimlich auf den Dorfplatz schlichen, auf dem die Menschenmenge längst um das Podest nach der Zerstreuung gierte, die ihr versprochen worden war. Hier, bei dem Anblick der geifernden Gesichter, als Leoth vor den Richtblock gestoßen wurde, entglitt ihr die Gleichgültigkeit.

Leoths Hemd war dunkel, seine Augen geschwollen, die Lippen aufgeplatzt. Sie wirkten fremd ohne das Lächeln. Vielleicht war es das, was sie vor den Tränen bewahrte, als sie ihm den Kopf abschlugen.

Anik griff nach Veikurs Hand, starrte geradeaus.

Seine Stärke hatte die Verlorenen geschaffen und nun hatte *er* einen von ihnen verloren.

Die Stimmen wehten ihnen entgegen und brachten Kälte aus dem Norden, erdrückend gegen ihre Umhänge. Worte von Mördern und Hexenfreunden, von hundert Mündern getragen, ein tosender Sturm.

Da zogen sie die Kapuzen tiefer über die Gesichter und verließen das Dorf.

Ihre Stimme klang fremd in ihrem Hals, als sie am Abend die ersten unbeholfenen Worte wechselten.

»Ich bin nicht, was sie sagen.«

Sie konnte es nicht einmal aussprechen.

»Doch«, erwiderte Veikur. »Das bist du. Und sie werden dich holen, früher oder später. Sie schaffen es immer.«

»Nicht, wenn ich es verstecke.«

»Aber das kannst du nicht. Sie werden einen Späher schicken, einer, der dich fühlen kann.«

Das hatte sie nicht gewusst.

»Und dann?«

»Wenn du schwach bist, bringen sie dich um. Wenn du stark bist, zerbrechen sie dich.«

Sie vergrub das Gesicht in den Händen. Wollte nicht verstehen.

»Es muss einen anderen Weg geben.«

»Nein. Es gibt nie einen dritten Weg in diesem Land.«

WAS VERLOREN IST

Sie wollte nicht schlafen. Wollte sich an jeden Fingerbreit von Leoths Lachen erinnern. Wollte nicht noch vergessen, was bereits verloren war.

Irgendwann stand sie auf und lief in den Wald hinein, dort wo die Nacht zwischen den Tannen ruhte. Die Dunkelheit ließ die Lichter heller erscheinen, die Erinnerungen klarer.

Hier wartete sie, bis die Stille kam. Sie erstickte selbst den Widerhall der Stimmen in Féras Kopf und brachte das Gesicht mit, das sie nicht anblicken konnte.

»Wer bist du?«, fragte sie die fremde Gestalt. Die Stimme aus den Schatten antwortete.

»Ich bin was du bist.« *Verloren.* »Einer der beherrschen kann.«

Sie wollte nicht beherrschen. Sie wollte auch nicht beherrscht werden.

»Kannst du mich lehren es zu verstecken?«

»Nein.«

Die Antwort war plötzlich und raubte ihr alle Hoffnung. In diesem Moment überkam es sie, die Geschehnisse der letzten Tage, und sie fiel auf die Knie.

»Warum nicht?«, flüsterte sie.

»Es wird kein Leben sein, das es wert ist zu leben. Es wird bloß ein Abbild sein von dem, was wirklich sein könnte, und es wird verblassen, jeden Tag da du länger seiner wahren Farben trotzt.«

»Und wenn ich das will?«

»Wer würde so ein Leben wollen?«

Eine, die verzweifelt ist, dachte sie. *Eine die merkt, dass sie ist, was alle Menschheit hasst.*

»Was dann?«

Gleißendes Licht erfüllte die Lichtung. Es war nicht wie die Hitze ihrer Flamme, es brachte Wärme in ihre Glieder und vertrieb selbst die letzte Dunkelheit. Es brachte Erinnerungen, die ihr lieb waren und klärte die Luft von der erdrückenden Schwere des Seins.

Es war gut.

»Ich kann dir Kontrolle geben. Ich kann dir Bedeutung geben.«

Sie spürte das Licht, die pulsierende Kraft. Den Rausch, den sie oft schon berührt, nie vollends zugelassen hatte. Die eigene Unbedeutendheit, die sonst so überwältigend und nun so befreiend erschien.

»Ja«, flüsterte sie. *Ja.*

In diesem Moment wusste sie, was sie tun musste. Sie öffnete die Handflächen und ließ die Flamme darauf erscheinen. Sie war ein Teil von ihr und war sie auch falsch, so war es besser, sie beherrschen zu können.

»Fürchte dich nicht«, sprach der Fremde. Sie tat es nicht. »Was die Kraft dir nimmt, gibt sie dir an anderen Orten. Und nun herrsche.«

Sie herrschte. Formte die Flamme, ließ sie wachsen, das Pochen in ihrem Magen stärker werden; schrumpfte sie wieder, bis nur noch ein gleißender Punkt in der Luft verblieb.

So plötzlich wie es gekommen war, verschwand das Licht. Die Gestalt war fort, hatte die Schatten dunkler hinterlassen.

Erneut taumelte sie, so abrupt aller Kraft beraubt. Da war ein Geräusch im Unterholz, doch ihre Bewegung, der Griff nach dem Messer an ihrem Gürtel, waren unbeholfen – grob gegenüber den feinen Formen der Flamme.

Zwischen den Bäumen trat Anik hervor.

»Du warst fort«, meinte er, trat näher.

»Es waren zu viele Gedanken dort. Ich brauchte meine eigenen.«

Langsam nickte er.

»Du trauerst.«

Selbst wenn ihr die Kraft verblieben wäre, sie hätte nicht antworten können. Starrte ihm bloß entgegen und ließ die Tränen zu, dort unter den Sternen. Bis er näher noch trat und seine Arme sie umschlossen, sie das Gesicht in seiner Schulter vergrub.

»Trauere nicht«, flüsterte er. »Es gibt anderes.«

Seine Hände waren kalt unter ihrem Hemd. Als er den Gürtel löste und sie nach den Bändern an seiner Hose griff. Sein Atem hitzig in ihrem Nacken, schneller werdend. Vielleicht wollte sie wissen, wie es gewesen wäre. Aber als er sie später zurückließ, mit der Kälte auf ihrer Haut, da wusste sie, dass sie es nicht gewollt hatte. Nicht gewollt hätte, mit keinem von ihnen.

Die Tränen waren versiegt.

Zurück blieb nur die Gleichgültigkeit.

LIALHALAËN

Es war Erleichterung, die sie überkam, als sie den Wegzoll in die Stadt zahlten. Zu hoch war der Preis, aber sie erbrachten ihn ohne ein Wimpernzucken, froh darüber, das Gewicht der Münzen nicht mehr spüren zu müssen, die sie sich so teuer erkauft hatten.

Ihr Bogen blieb zurück. Die Wachen hatten nicht verstanden, was ein Mädchen damit anfangen wollte. Dass sie kein Mädchen war, hatte sie erwidert, aber sie hörten ihr gar nicht zu.

So wurden ihnen die Tore nach Lialhalaën geöffnet und sie betraten die Stadt aller Städte, sanken ein in das Menschenmeer und wurden von seinem Sog verschluckt. Unter den hohen Türmen vereinte die Fremdheit die Leute, deren Schritte sich kreuzten und die doch durch einander hindurchsahen, als bemerkten sie sich nicht. Und fremder noch wurden sie. So gingen sie unter, sie und Anik und Veikur. Die Verlorenen, die noch nicht vollends verloren waren. Unbeachtet und unbedeutend.

»Wir können dir einen neuen Bogen stehlen, morgen«, meinte Anik, als sie in einer leeren Gasse saßen.

Ein Dunst lag über der Stadt, sie wussten nicht, ob es Tag oder Nacht war.

Sie zuckte mit den Schultern. Zuerst hatten sich ihre Hände leer angefühlt, aber nun war es ihr gleich. Irgendwo erschreckte sie das.

»Ich habe andere Waffen«, sagte sie.

Anik nickte bloß. Er hatte sich ihr nicht mehr genähert. Sah sie nicht mal mehr an. Ein Teil von ihr wollte, dass er es tat, bloß damit sie den Blick abwenden konnte.

»Waffen, die du nicht benutzen solltest«, meinte Veikur. Sie hatten diese Worte bereits gewechselt.

»Ich wollte das nicht.«

»Und jetzt willst du es nicht mehr hergeben.«

Sie wandte Veikur den Kopf zu. Die Hitze war ihr ins Gesicht gestiegen.

»Ich würde alles tun, um es herzugeben.«

»Gut. Dann bring dich um.«

Plötzlich war dort der Zorn in den sonst leeren Augen. Anik griff nach Veikurs Arm, erbost.

»Ehe du die Kontrolle verlierst und uns mitreißt. Ehe du die anderen auf uns hetzt.«

Sie stand einfach auf und ging. Es war nicht schwer, nicht zurückzublicken. Es war schwer, die Kontrolle nicht zu verlieren.

Als die dunkle Gestalt ihr einen Mauerstein zur Probe gab, verwandelte sie ihn mit einem Schrei zu

Staub. Spürte die Wut noch immer tief in ihrer Brust, ein fiebriges Pochen. Eine Krankheit.

»Es ist falsch«, sagte sie, die Wangen dunkel vor Hitze. »Warum ist es so schön?«

»Weil das die Natur aller Dinge ist.«

Der Tag war zu lang gewesen. Kraftlos sank sie gegen eine Mauer, wischte sich Schweiß von der Stirn.

»Ich fühle mich krank«, brach es aus ihr heraus.

»Weil du es bist. Es gibt keine Heilung, für das, was dir geschieht, was sie auch sagen.«

Was also würde ihr schon bleiben?

Die Gestalt lachte, als hätte sie ihre Gedanken erraten.

»Du kannst niemals sein wie sie. Aber du kannst es sie glauben lassen. Du wirst es beherrschen lernen, es unterdrücken, ganz wie sie es von uns verlangen. Und dann, wenn du all ihre Floskeln gelernt und all ihr Formen ertragen hast, wirst du frei sein. Und sie werden dir zu Füßen fallen, denn es verbleibt nichts, was sie dir noch antun können. So nur wirst du Herr über sie.«

Sie schüttelte den Kopf. *Nein.* Das war nicht was sie wollte.

»Es gibt zweierlei von uns. Die, deren Furcht ihr Leben bestimmt, die sich versklaven und vernichten lassen; und die, die sich hingeben um aufzuerstehen, die emporsteigen und den Lauf der Welt regieren.«

Der Fremde hielt inne.

»Du bist stark. Du kannst mit mir ziehen, Féra.«

Nein.

»Was sagst du?«

Sie stand auf.

»Ich brauche einen neuen Bogen«, sagte sie, und ging.

GESCHICHTEN EINER STADT

Der Platz neben ihr war leer, als sie erwachte. Er würde es für immer bleiben.

Sie fanden keinen Bogen für sie. Vor den Märkten standen die Wachen und beobachteten die Flüchtenden. In diesem Land waren sie geboren, doch hier waren sie fremd.

Sie beteuerte, dass es ihr nichts tat, aber ihre Hände, die ins Nichts griffen, dort wo sie früher die Waffe getragen hatte, verrieten sie. Doch niemand sprach ein Wort.

Auf einem großen Platz in der Mitte der Stadt gerieten sie in einen Tumult. Dort kamen die Helden von der Front zurück. Die Heerführer auf ihren glänzenden Zeltern ritten voran, gefolgt von dem Marschvolk. Jemand warf ihnen Blumen in den Weg, sie schritten hinüber als wären es Kohlen.

War der Krieg gewonnen?

Nein, bloß eine Waffenruhe.

Wenn es die nicht gäbe, käme bald niemand mehr heim.

Sie gingen weiter ihren gewohnten Weg. Stahlen Brot, aßen in Schweigen. Was bedeutete es schon, wenn dort im Norden die anderen fielen.

Wie konnte noch irgendetwas eine Bedeutung haben?

Was blieb?
Wenn die Zukunft absehbar war?

Den einen der Krieger, die vorausgeritten waren, hatte sie gekannt, sie war sich ganz sicher. Nicht sein Gesicht, seine Bewegung. Sein Blick.

Er war in den kleinen Dorf gewesen, in dem sie die Hexe gesehen hatten.

Sie war nicht zurückgekehrt.

Jemand folgte ihnen. An diesem Tag und am nächsten. Am Morgen noch scherzten sie verhalten darüber, doch mittags kehrte das mulmige Schweigen zurück. Am Abend beschlossen sie, den Fremden zu stellen. Einer würde vorausgehen, die anderen würden durch eine Seitengasse entkommen und von hinten herbeieilen.

Es gelang.

Nur, dass es drei Fremde waren, das hatten sie nicht geahnt. Auch nicht, dass die Fremden geschickt waren. Sie griffen gemeinsam an, gingen auf eine Person. Das war Veikur. Es blieb ihnen kein Moment um herbeizueilen, keine Zeit um Einhalt zu rufen. So schnell lag Veikur am Boden, so schnell fuhr der Dolch hinab, dass Féra schon vor sich sah, wie er sein Ziel traf, ganz wie er es in dem Dorf so weit, weit entfernt getan hatte.

Aber diesmal traf er nicht.

Diesmal erlaubte sie sich nicht zu zögern.

Gleißend helle Lichtstränge entsprangen ihren Händen und warfen die Fremden hinab, knebelten und fesselten sie zugleich, bis ihre Schreie bloß noch dumpf waren und ihre Augen von Angst erfüllt.

Sie fühlte die blanke Kraft.

Sog sie auf, gierig.

Wer konnte ihr noch etwas anhaben wenn sie so war?

Wer würde sich ihnen noch stellen?

Anik war es, der sie zurückhielt, ihren Arm griff. Sie fauchte ihn an, dass er losließ. Sah die Furcht in seinen Augen, nur einen kleinen Moment.

Da fühlte sie sich plötzlich einsam.

Sie löste die Fesseln.

Achtete nicht darauf, wie Veikur auf die Füße sprang und den Fremden drohte, achtete bloß darauf, wie die Kraft langsam dahinschwand und die Kälte zurück in ihre Glieder schoss.

Falsch, aber so schön.

Bloß ihre Gedanken verblieben.

Es waren hundert Geschichten, denen sie begegneten. In die sie hineinstolperten und die sie wieder verließen, ohne die Enden zu erfahren. Einhundert Stimmen, einhundert Gesichter.

Und doch war sie allein.

So unendlich allein.

GUTES UND SCHLECHTES

Die Fremden wussten nicht, wer sie beauftragt hatte ihnen zu folgen. Aber sie wussten, dass sich jemand sehr für sie interessierte, für alles was sie taten und sprachen und aßen. Mit zitternden Stimmen rangen sie darum, alles zu erzählen, woran sie sich erinnerten – wer ihnen das Geld gegeben hatte (zwei Männer mit verborgenem Gesicht) und worauf sie hatten Acht geben sollen (die Worte, die gewechselt wurden, das Balg mit den roten Haaren) – und scheiterten daran, die furchtsamen Blicke, die sie Féra zuwarfen, zu verbergen.

Zweifelsohne suchte man nach ihnen, seit dem Tag, da sie mit den Wachen aneinander geraten waren, meinte Anik später, als sie die Fremden hatten ziehen lassen. Zu gefährlich war es, in einer Stadt eine Leiche zu verstecken.

Nach *ihnen*, sagte er, aber wirklich meinte er *sie*. Sie sah es daran, dass er betont zu Boden starrte, als er die Worte aussprach, sah es an den unruhigen Bewegungen seiner Finger, die an der Kette um seinen Hals herumspielten.

»Ich habe es gesagt«, meinte Veikur düster und lehnte den Kopf gegen die Wand.

Früher oder später werden sie dich finden.

Und nicht mehr lange würde es dauern.

Es war eine trübe Gewissheit und doch tat sie ihr nichts. Sie war taub geworden.

Stiller noch.

Alles woran sie dachte, war die Furcht in den Augen der Fremden. Das Beben in ihren Händen.

Nun, da der Rausch hinter ihr lag, erschreckte es sie.

Sie waren niedergefallen vor ihr. Hatten keine Flüche gesprochen, keinen Widerstand geleistet. Hatten erkannt, dass ihnen nichts verblieb, was sie ihr hätten antun können.

Und so war sie Herr über sie geworden.

Und es war falsch.

»Ich möchte nicht zerstören«, erzählte sie der Gestalt mit dem dunklen Umhang des Nachts. »Ich möchte nicht für Schlechtes erinnert werden.«

Im Licht des Mondes lag der Innenhof verlassen da. Bloß eine Taube stakste über die Fliesen, stob auf und flog hinüber zu ihnen, landete auf der Hand des Fremden. Er brauchte bloß die Finger der anderen zu heben und das Tier starb. Lag regungslos dort, ohne sich zu rühren. Ganz friedlich.

So einfach war es gewesen.

Kaum merklich waren die Schatten des Fremden Umhangs noch ein wenig dunkler geworden, als hätte jemand ein letztes verborgenes Licht ausgelöscht. Die Nacht kam ihr auf einmal kälter vor. Sie vergrub den Kopf tiefer in ihrem Mantel.

Da kehrten die Bewegungen plötzlich in den Vogel zurück und als wäre nichts geschehen, schüttelte er das Gefieder, verharrte bloß einen Augenblick und flog dann davon, dem Himmel entgegen.

»Gutes kommt immer aus Schlechtem«, sagte der Fremde. »Die Kraft kann nehmen, aber sie kann auch geben.«

»Dann will ich nichts mehr nehmen«, antwortete sie.

Die Gestalt lachte.

»Das kannst du dir erzählen. Und du kannst es tun, alles fein in das eine und das andere unterteilen. Bis du es eines Tages nicht mehr tust. Bis du eines Tages die Wahl zwischen dem einen und dem anderen Übel hast.«

»Dann werde ich nicht wählen.«

Erneut das Lachen. Als würde sie nicht verstehen, als wäre sie schwer von Begriff.

Nur ein Kind.

»Und du wirst einem anderen die Wahl überlassen. Wie wird er sich nur entscheiden? Für das größere Übel?«

»Wenn er es auch tut ist es nicht meine Wahl gewesen«, sagte sie und dachte nach. »Vielleicht wählt er das kleinere Übel. Und er wird geehrt werden, für den Teil des Unheils, das er abgewendet hat, aber ich muss ihm nicht in die Augen blicken. Werde ihn nicht Held nennen können.«

Sie sah der Taube noch lange hinterher, bis ihre hellen Federn vor dem Vollmond untergingen.

Er war ihr einziger Zeuge.

NICHT ZU WÄHLEN

Das Ausharren war am Schlimmsten. Das Warten darauf, ob den ersten Verfolgern neue nachkommen würden. Immer wieder liefen sie weite Bögen um die Häuserreihen, ließen die Blicke über die Schultern schweifen und schlichen sich in die entlegensten Gassen, die sie fanden. Zögernd nur wurden sie wieder mutiger.

Es wäre am besten, ein paar Tage den Kopf unten zu halten, meinte Anik. Linste zu ihr herüber, schien nicht recht zu wissen, wie er es ausdrücken sollte.

Aber sie wusste, was er von ihr verlangte.

Sie nickte knapp.

Ja, es würde am besten sein.

»Vielleicht vergisst man uns einfach«, endete er.

Vielleicht auch nicht.

Würde er sie ebenso zurücklassen, wie er Leoth zurückgelassen hatte, wenn es nur zu gefährlich wurde?

Sie alle spürten das Nichts zwischen ihnen. Es hatte als feiner Riss begonnen, unbemerkt, doch langsam wurde es breiter. Es wuchs.

»Du hast mich gerettet«, meinte Veikur Tage später zu Féra. Es waren keine Verfolger mehr aufgetaucht. »Es ändert nichts, aber dafür hast du meinen Dank.«

Sie wusste nicht, was es zu erwidern gab. Erst als Veikur sich anschickte zu gehen, da konnte sie nicht mehr an sich halten.

»Warum ist es falsch?«

Veikur schwieg. Von irgendwoher drangen Rufe an ihre Ohren, wie ein Echo aus weiter Ferne. Irgendwer schrie immer, hier. Die Stadt schlief nie.

»Es heißt dass du erwachsen bist. Dass du es akzeptiert hast.«

Sie verstand nicht.

»Aber nicht alle Erwachsenen sind wie ich.«

»Nein. Aber darum geht es nicht.«

»Worum dann?«, wollte sie wissen.

»Um alles«, antwortete Veikur. Die Stimme brach. Die Hände suchten nach dem Kopf, fanden ihn nicht, sanken kraftlos wieder herab. »Du verstehst es nicht. Niemand versteht es je.«

Veikur sah Féra an, geradewegs, und etwas regte sich in ihr.

»Was?«, flüsterte sie.

Was?

»Wie die Welt gemacht ist. Dass es keinen Weg für uns mehr gibt, wenn wir erst werden wir sie. Es gibt bloß zweierlei von ihnen, zwei Möglichkeiten sich dem Lauf der Welt zu fügen. Die Einen, deren Geburt ihrer Familie ein Segen ist, die hinausziehen um zu herrschen, und die anderen, die Scham bringen und fortgeschickt werden, unter der Gewalt eines der anderen zu verenden. Mehr ist dort nicht für uns. Und dein Leben wird absehbar sein, von dem Moment an, da du dich einer von ihnen nennst.«

»Aber was bleibt mir schon? Ich habe keine Wahl?«

Erneut dieser Blick, so durchdringend, dass Féra meinte, Veikur könne in diesem Moment all ihre Gedanken lesen.

»Du hast immer eine Wahl«, sagte Veikur. »Es ist die Wahl, nicht zu wählen. Es ist die Wahl, abzulehnen was das Leben von dir verlangt und zu verbleiben, was du wirklich bist. Nur so können sie dir deine Freiheit nicht nehmen.«

Sie musste schlucken.

»Und was bin ich?«

»Du.«

»Es ist Unsinn.«

Bei ihrem nächtlichen Treffen hatte der Fremde viele Worte zu sagen.

Kinderträume. Wunschdenken.

»Was wird es dir bringen, die Augen vor der Welt zu
verschließen? Denkst du wirklich, du könntest die
Natur der Dinge verändern?«

Sie ließ die Flamme auf ihren Handflächen erscheinen, wie zur Antwort, doch die Gestalt machte bloß
eine wegwerfende Geste und sie erstarb, von einem
Windstoß davongeweht.

»Nein«, antwortete er sich selbst. »Es gibt bloß einen
Weg zu der Freiheit, die du so sehr suchst.«

Er streckte die Hand aus und darauf erschien eine
Sphäre aus Schatten, wurde größer und größer, bis sie
alles Licht verschluckte und sich kalt über Féras Haut
legte.

»Du musst sie ergreifen«, sprach der Fremde, die
Stimme von allen Seiten widerhallend. »Du musst sie
dein Eigen machen. Und ich kann dir dabei helfen,
wenn du nur mit mir kommst.«

Die Schatten lasteten schwer auf ihr, wollten die
Worte in ihrem Hals ersticken und andere formen,
neue, die ihr fremd waren. Mühsam kämpfte sie dagegen an, gewann.

»Noch nicht«, antwortete sie, atemlos. »Noch nicht.«

OFFENBARUNG

Die Schatten verschwanden augenblicklich und zurück blieb die Nacht, dunkler noch. In der Ferne zog ein Sturm auf Die Wolken hatten den Mond verhüllt und den Hof in grauer Einsamkeit hinterlassen.

Kraftlos sank sie auf die Knie.

»Du verstehst nicht, was ich dir anbiete«, zischte der Fremde. Doch in diesem Moment verstand sie es genau und der Bann brach. Sie hob den Blick und starrte geradewegs in das Gesicht ihres Gegenübers, das Gesicht, das sie nie hatte ansehen können, das ihr nun, all seinen Zauber verloren, wohlbekannt war.

»Ich habe dich gesehen«, meinte sie und sah geradewegs durch das Gesicht hindurch. »Du hast eine Hexe in den Norden gebracht, am Fluss Brun. Du hast sie umgebracht.«

Aus dem Gesicht, das so überaus gewöhnlich war, drang ein kehliges Geräusch, das einem Lachen ähnelte. Aber es war bloß Boshaftigkeit darin.

»Am Ende hat sie sich selbst umgebracht«, erwiderte er. »Aber ihr Leben hatte keine Bedeutung. Sie war schwach. Zu verbraucht um ihre Freiheit zu ergreifen. Nicht wie du.«

Das Gesicht streckte eine Hand aus und sie kam wieder auf die Beine. *Wollte* vorwärts gehen, und die Finger auf ihrer Wange spüren. Und sie sah die Bilder, ein flackernder Sog der Gedanken. *Seine* Gedanken. Grelle Farben. Dröhnende Stimmen. Schnell, so schnell. Was die so ordinären Augen gesehen hatten, verworren mit den eigenen Erinnerungen. Immer war er dort gewesen.

Flackern.

Die Verfolger in den Gassen, das Messer, das sich durch Leoths Schulter bohrt. Dort steht er im Schatten der Tannen, befehligt den Angriff.

Flackern.

Die Frau in der Schenke am anderen Ende der Welt. Dort wartet er, verborgen hinter dem Tresen.

Flackern.

Früher noch: Der Tag, an dem Anik sie entdeckte, nachdem sie den Verlorenen gefolgt war, einen Keim Hoffnung in ihren frierenden Händen versteckend. Der Tag, an dem sie eine von ihnen geworden war. Dort beobachtet er, sorgsam aus der Ferne.

Flackern.

Eine Krippe und ein Säugling darin, die Haare rot wie Feuer. Ein zweites Kind, ein Ebenbild, davor. Noch besitzt es beide seiner Augen. Wer nur wird es werden? Wer wird die Welt aus den Fugen heben? Immer spürt er es, immer spürt er die Kraft, die um sie lauert. Um sie und Anik. Die wächst und wächst. Doch nur einer ist ihr wahrer Gebieter.

Wer?

Er wird sie beobachten müssen. Sie beide.

Kann es nicht wagen, etwas so Kostbares zu verlieren.

Flackern.

Alles er. Immer er.

Wie ein Parasit.

Ein Kribbeln unter ihrer Haut.

Flackern.

Wer ist er?

Der, der dich retten wird. Der dir die Freiheit geben wird.

Ja. *Ja,* sie spürt die Freiheit. Nur sie beide, auf der Spitze der Welt. Niemand, der sich ihnen entgegenstellen kann und alles, worauf ihr Blick fällt, ihr Eigen.

Sie muss nur danach greifen.

Muss sich nur fügen.

Doch eines kann sie nicht zurücklassen.

Das andere Gesicht, sie hat es sich sorgsam eingeprägt, sie will es nie vergessen.

Der Bann fiel von ihr ab, und sie war wieder Féra.

Verloren.

Sie erzählte es Anik. Es war sein Recht zu erfahren, was er war. Ihr Bruder. Sein Gesicht wurde bleich, er vergrub es in den Händen.

Veikurs Zorn war schlimmer.

»Du hast dich von einem wie ihnen lehren lassen.«

Der Vorwurf hing schwer in der Luft, schnürte ihr die Kehle zu.

»Ich muss lernen es zu beherrschen«, antwortete sie schwach. Sie war es Leid, sich rechtfertigen zu müssen. »Damit ich die Kontrolle nicht verliere.«

Anik sah auf und blinzelte, als hätte er sich einen Schleier von dem Gesicht gezogen. Dann nickte er. »Du hast Recht. Du hattest immer Recht. Ich mag es vielleicht nicht gutheißen, aber ich werde dich nicht aus anderen Augen sehen, wenn du dich so entscheidest.«

»*Nein*«, rief Veikur und riss Anik an der Schulter beiseite, die Wut rot in dem Gesicht. »Du sagst es doch schon selbst. Erst wirst du es beherrschen, doch das wird nicht das Ende sein. Verstehst du nicht?«

Sie verstand nicht.

»Es ist nie das Ende. Irgendwann wirst du weitergehen. Andere beherrschen. Du wirst nicht nur eine von ihnen werden, du wirst werden *wie* sie – die Herrschenden. Grausam. Unnahbar. Und nichts trennt dich mehr von ihnen.«

Die Gasse lag in Schweigen.
»Das will ich nicht erleben müssen.«
Damit drehte Veikur sich um und ging.

ZERFALL

Sie rannte hinterher. Folgte Veikur über wirre Wege und durch krumme Gassen und wusste, würde sie nur einmal noch eine falsche Biegung tun, wäre sie verloren. Sie spürte das Nichts zwischen ihnen aufwallen, ausbrechen und erkannte es als ihr Werk.

Ihres allein.

Da wünschte sie sich plötzlich fortgegangen zu sein, damals, als die Flamme sie das erste Mal berührt hatte. Fort von den anderen. In den Süden, zum Sterben.

»*Warte*«, schrie sie, hastete eine Wendeltreppe empor.

Oben wartete Veikur.

Sie standen auf der inneren Mauer, hoch droben über der Stadt und der Wind blies kalt von Norden heran. Brachte den Geruch von Asche und Verwesung mit sich.

Es war Winter geworden.

»Was willst du noch von mir?«, fragte Veikur und sah hinab auf die Stadt. Lialhalaën schien leblos von hier oben. Erstarrt.

Tot.

»Ich bin nicht, was du denkst«, begann Féra verzweifelt. »Ich möchte nichts beherrschen. Und ich kann Gutes bewirken.«

Sachte hob sie die Hände und ließ die Winterskälte verschwinden, schuf eine Kuppel aus Wärme, glitzernd in den Strahlen der Sonne, die plötzlich durch die Wolkendecke drangen. Veikur schien die Veränderung nicht einmal zu bemerken, blickte bloß weiter in die Ferne, dort wo sich der Horizont hinter den Hügeln verlor.

»Es ist egal. Früher oder später führt es immer zu Zerstörung.«

Sie schüttelte den Kopf.

»Nein. Ich kann Zerstörtes heilen. Ruinen, Wunden, schlechte Erinnerungen. Du musst doch schlechte Erinnerungen haben?«

»Natürlich«, antwortete Veikur, als wäre es selbstverständlich.

»Ich kann sie dir nehmen. Ich kann Gutes tun, verstehst du?«

Veikur lächelte. Sie sah es bloß von hinten, ein leichtes Zucken der Mundwinkel.

»Nein. *Du* verstehst nicht. Diese Erinnerungen, die Guten wie die Schlechten, sind ein Teil von mir. Ohne sie wäre ich nicht wer ich bin. Du versuchst die Welt zu verändern, aber sie ist zu groß für dich. Du versuchst zu heilen, was keine Heilung braucht. Und so beginnt die Zerstörung.«

Sie ließ die Kuppel wieder verschwinden. Still und leise hatte es zu regnen begonnen.

»Es braucht Zeit«, fuhr Veikur fort, beachtete die Tropfen nicht. »Zeit, das Anderssein. Aber eines Tages wirst du es begreifen, wie auch ich es begriffen habe. Und es wird zu spät sein.«

Da verstand Féra es.

»Aber ich bin nicht du«, flüsterte sie.

Veikur wandte ihr den Kopf zu, sah sie an aus diesen unergründlichen Augen. Etwas regte sich darin.

»Ich bin nicht du«, wiederholte sie. »Und was du für dich an Wahrheit gefunden hast, muss nicht auf mich zutreffen. Ich mag anders sein, aber auf andere Weise wie du es bist. Und das ist nicht falsch. Es ist richtig. Es ist gut.«

Eine Last hob sich von ihren Schultern, eine, die sie bis zu diesem Moment nicht einmal bemerkt hatte, und das erste Mal in langer Zeit tat sie einen unbeschwerten Atemzug.

»Wer wäre ich schon, wenn ich du wäre?«

Das Nichts zwischen ihnen, die Ferne, zersprang. Vielleicht war es der Regen gewesen. Bloß noch das Prasseln auf dem Stein verblieb.

Dann nickte Veikur. Langsam und bedacht.

»Du meintest, ich hätte immer eine Wahl. Die Wahl, nicht zu wählen. Und ich werde nicht die Zerstörung wählen. Nie.«

Veikur wischte sich den Regen aus dem Gesicht. Vielleicht waren es Tränen gewesen.

»Versprich es mir.«

Die Stimme beinahe verloren unter dem Rauschen des Sturms.

»Dass du nicht zerstören wirst. Dass du dich nicht zerstören lässt, von ihnen.«

Dort stehen sie, dort sehen sie sich an. Erblicken sich, das erste Mal, und verstehen einander.

»Ich verspreche es«, sagt sie.

Und sie sehen hinab auf die Stadt, in die das Leben zurückgekehrt ist und greifen die Hände des anderen.

Sie sind anders.

Und doch so gleich.

DIE DRITTE FRAGE

Die Leere neben ihr ist fort, als sie erwacht, Veikurs
Augen geschlossen.

Zwischen den Häuserdächern lugt ein Sonnenstrahl
hervor, das erste Mal seit langer Zeit. Spült die Kälte
dahin und lässt ihren Weg erstrahlen, als sie aufbricht.
Bloß noch eine Sache verbleibt.

Sie braucht die Nacht nicht mehr, um ihn zu finden,
nun da sie sein Gesicht kennt. Soll er sie sehen, wie sie
leuchtet. Soll er sehen, was er niemals wird ergreifen
können.

Um ihre Hände tänzeln die Flammen. Wie hat sie
sich jemals davor fürchten können? Wie hat sie jemals
für falsch halten können, was so schön ist?

Bloß noch eine Sache, und sie wird frei sein.

Bloß dies noch, und morgen wird sie erwachen und
erneut in Veikurs Gesicht blicken.

Dann ist es vorüber.

Das ist gewiss.

Sein Mantel kann das Sonnenlicht nicht verschlucken, als er erscheint. Blass und grau hängt er herab, leblos. Ganz gewöhnlich. Wie das Gesicht, das er umgibt.

Wie hat sie ihn jemals fürchten können?

Ihn, den man nicht Mensch mehr nennen kann.

Bloß ein trauriges Abbild davon.

»Ich werde nicht mit dir kommen«, sagt sie ihm. Sie hat es versprochen. Sie wird sich nicht zerstören lassen von ihm. »Und ich werde meine Meinung nicht ändern. Also geh fort und lasse uns in Frieden.«

Sie wendet sich zum Gehen.

Wie hat sie jemals denken können, dass es so einfach wäre?

Er lacht. Das kehlige, boshafte Lachen, das so im Widerspruch zu seinem Gesicht steht, das ihr die Gänsehaut über die Arme schickt und alles Sonnenlicht fahl erscheinen lässt.

»Denkst du ich lasse dich gehen?«, fragt er.

Sie weiß es.

Sie hat ihn längst durchschaut.

»Ich bin stärker als du. Was bleibt dir für eine Wahl?«, antwortet sie. Lächelt.

Welche Drohung bleibt ihm schon? Sie sind nichts weiter als das – leer.

Bis auf die eine.

Er sieht wie ihr das Lächeln entgleitet, wie die Mundwinkel erzittern und langsam herabsinken.

Wie hat sie so achtlos sein können?

Sie heult auf. Die Gewissheit ist fort, ersetzt durch eine andere.

Nicht jetzt. Nicht jetzt, da sie gerade gefunden hat, wonach sie gesucht hat.

Aber in dem Gesicht regt sich kein Mitleid. Erst jetzt erkennt sie die Verzerrung darin, die zu spitzen Mundwinkel, der Hohn in den Augen, die Wangen – entstellt. Eine Fratze. Sie hat nicht weit genug hindurchgeblickt.

»Fürchte dich nicht«, sagt er. Und sie fürchtet sich. »Sie sind sicher in meiner Gewalt, deine Freunde. Du kannst mit mir ziehen und ich überlasse sie ihrer Freiheit. Wenn nicht, sind sie verloren.«

Erneut heult sie auf. Keine Worte kennt sie mehr. Keine Worte für das, was ihr geschieht. Und doch wird sie nicht flehen. Wird ihm diese Genugtuung nicht einräumen.

»Wähle Kind.«

Beweise. Ja, sie will Beweise. Gewissheit.

Erzählen kann er viel.

Lügen noch mehr.

Es ist der letzte Strohhalm im Wind, an den sie sich klammert.

Natürlich, sagt er. Natürlich.

Vorher schon weiß sie, er hat nicht gelogen. Noch bevor die Soldaten sie hervorbringen, gefesselt und niedergeprügelt, mit geschwollenen Gesichtern und zerrissenen Kleidern. Anik, den sie nie Bruder nennen können wird und Veikur, mit den leeren Augen, hinter denen sie die Welt gesehen hat.

In ihr stirbt etwas. Etwas, das längst weiß, wie sie sich entscheiden wird.

Ganz leise.

Es ist die Wahl, bei der sie wählen muss.

Ein Versprechen, das es zu halten gilt.

Was bleibt ihr?

ALL IHR LEBEN, DIESER MOMENT

Warum *Die Verlorenen*, hat sie Anik einmal gefragt. Es war Frühling und das Jahr erschien ihr unbeschwert.

Weil es wahr ist, hat er geantwortet. Weil es keine Hoffnung weckt.

Warum sollte man so etwas wollen, habe ich erwidert und es nicht verstanden.

Jetzt verstehe ich es doch.

Damit die Entscheidung leichter fällt. Für mich und für dich.

Und so gehe ich.

Lasse hinter mir was verloren ist. Halte das Versprechen.

Kein Blick zurück.

Was bleibt?
Ich.
Ich allein.